Martini Seco

Martini seco
Copyright © 1984, by Fernando Sabino
Rua Canning, 22, ap. 703 – Ipanema – 22081-040
Rio de Janeiro, RJ, Brasil

Diretor editorial	Fernando Paixão
Editora	Carmen Lucia Campos
Editora assistente	Malu Rangel
Coordenadora de revisão	Ivany Picasso Batista
Revisoras	Márcia Cruz Nóboa Leme
	Cátia de Almeida

ARTE
Editora	Suzana Laub
Editor assistente	Antonio Paulos
Editoração eletrônica	Studio 3, Eduardo Rodrigues
Capa	Douné Spinola (concepção de Fernando Sabino) A partir de "Mondrian Martini", de Barnaby Conrad III

O texto "Martini seco" pertence à obra *A faca de dois gumes*, trilogia de novelas de Fernando Sabino, publicada pela Editora Record.

CIP-BRASIL. CATALOGAÇÃO NA FONTE
SINDICATO NACIONAL DOS EDITORES DE LIVROS, RJ

S121m

Sabino, Fernando, 1923-2004
  Martini seco / Fernando Sabino. - 16.ed. - São Paulo :
Ática, 2008.
  88p. : - (Fernando Sabino)

  Inclui apêndices e bibliografia
  Contém suplemento de leitura
  ISBN 978-85-08-10712-4

  1. História de amor. 2. Relações homem-mulher - Literatura infantojuvenil. 3. Conflito conjugal - Literatura infantojuvenil. I. Título.

06-0630.   CDD: 028.5
                                 CDU: 087.5

ISBN 978 85 08 10712-4 (aluno)
CAE: 216497
CL: 735798

2022
16ª edição
11ª impressão
Impressão e acabamento: Forma Certa

Todos os direitos reservados pela Editora Ática S.A., 1995
Av. das Nações Unidas, 7221 – CEP 05425-902 – São Paulo, SP
Atendimento ao cliente: 4003-3061 – atendimento@aticascipione.com.br
www.coletivoleitor.com.br

IMPORTANTE: Ao comprar um livro, você remunera e reconhece o trabalho do autor e o de muitos outros profissionais envolvidos na produção editorial e na comercialização das obras: editores, revisores, diagramadores, ilustradores, gráficos, divulgadores, distribuidores, livreiros, entre outros. Ajude-nos a combater a cópia ilegal! Ela gera desemprego, prejudica a difusão da cultura e encarece os livros que você compra.

Martini Seco

Fernando Sabino

editora ática

APRESENTAÇÃO

Por volta de onze, doze anos, eu já gostava muito de ler. Não havia televisão naquele tempo... Lia principalmente livros de aventuras, o que me despertava a vontade de escrever histórias semelhantes. Quando contava a um amigo alguma que havia lido, costumava inventar muito por minha conta.

Na mesma época, estimulado pela minha querida irmã Berenice, escrevia umas crônicas sobre rádio, tão importante na época quanto a televisão hoje em dia. A revista semanal *Carioca* mantinha um concurso permanente, "O que pensam os radiouvintes". Premiava os vencedores com 25 mil-réis. Mandei uma crônica e fui premiado. Então disparei a mandar duas, três por semana — fatalmente, pela quantidade, quase sempre acertava uma, às vezes até duas. O diretor da sucursal da revista em Belo Horizonte acabou se tornando meu amigo e chegava até a me pagar adiantado.

Na literatura, propriamente, me iniciei por meio do escritor Guilhermino César, que resolveu me tomar como discípulo: lia meus contos, selecionava, estimulava algumas tendências, corrigia outras, me aconselhava: "Se você quer escrever contos, tem que ler os de autores fundamentais". E me emprestava livros de Flaubert, Merimée, Maupassant. Eram em francês, que eu mal conseguia entender com o meu francezinho de ginásio — mas serviram para me alertar: se aquilo é que era boa literatura, então a minha não prestava para nada.

Eu era amigo do Hélio Pellegrino desde o jardim de infância, aos seis anos de idade. Fomos colegas no grupo escolar e no ginásio. Aos dezessete anos nos encontrávamos na casa de João Etienne Filho, escritor um pouco mais velho, jornalista, poeta, professor. Ele possuía uma grande biblioteca e nos emprestava cinco livros por semana, com a obrigação de devolver para pegar outros cinco. Foi em casa do Etienne que me aproximei do Otto Lara Resende e do Paulo Mendes Campos, formando com eles e com o Hélio uma turma de quatro amigos inseparáveis para o resto da vida. A literatura era a nossa paixão.

Enviei o meu primeiro livro de contos ao Mário de Andrade e ele me mandou uma carta. Pode-se imaginar minha emoção ao recebê-la. Antes de mais nada ele me aconselhava a reduzir o nome: em vez de Fernando Tavares Sabino, como eu assinava, Fernando Tavares ou Fernando Sabino. E dizia que se eu já houvesse passado dos 35 anos seria "apenas mais um"; mas de 25 a 35, era um caso interessante. Ao saber, em resposta, que eu havia escrito o livro dos quatorze aos dezessete anos, iniciou comigo uma intensa correspondência, que durou até sua morte. (As suas cartas constam do livro *Cartas a um jovem escritor*, que fiz publicar pela editora Record.)

Quando me perguntam o que pretendo ao escrever, confesso não saber ao certo. Escrevo sobre aquilo que não sei, na esperança de vir a saber. O escritor de ficção, mesmo inconscientemente, está sempre escrevendo. É como no sonho. Não se programa um sonho. Tudo o que nasce da imaginação é novidade para o ficcionista. Diante do papel em branco ele se sente um estreante. É uma aventura, como se fosse escrever pela primeira vez, um mergulho no desconhecido.

A partir daí, a maior exigência é a adequação da palavra ao que ela deve exprimir: a propriedade vocabular. No momento em que se está escrevendo, podem ocorrer várias maneiras de se exprimir, mas só uma é perfeita. É preciso descascar o texto como quem descasca uma fruta, ir buscar a semente. Escrever é principalmente cortar. Ao conceber o romance *O encontro marcado*, por exemplo, escrevi 1.300 páginas, das quais só 330 foram aproveitadas.

A ideia de escrever *Martini seco* nasceu de um fato acontecido na realidade. Sucedeu com um conhecido meu, delegado de polícia, que recebeu as acusações mútuas da esposa e do marido, constantes da história: ela o acusava de pretender matá-la, como matou a outra, alegando ter sido suicídio; ele a acusava de ameaçar suicidar-se e pôr a culpa nele, como se a tivesse assassinado. Tanto bastou para que a imaginação do escritor recriasse o resto.

Quando o delegado me contou a história, ela me intrigou bastante, e continua intrigando até hoje: onde está a verdade? Só Deus sabe — o leitor que a descubra, se quiser.

Só lhe peço, por favor, que não me conte.

Fernando Sabino

*Aquilo que não sabes
é tudo que sabes.*

T. S. Eliot

Na noite de 17 de novembro de 1962, ocorreu numa delegacia de polícia do Rio de Janeiro uma tragédia em misteriosas circunstâncias, jamais esclarecidas. O que se segue é uma reconstituição, o tanto quanto possível fiel, dos fatos que conduziram a esse terrível desfecho.

Como poderá ter sobrevivido um testemunho do que se passou, é novo mistério que ficará para sempre insolúvel.

Tudo começou cinco anos antes, precisamente na mesma data, ou seja, no dia 17 de novembro de 1957.

PRIMEIRO

1

Um homem e uma mulher entraram no bar, sentaram-se e pediram martini seco. Enquanto o garçom os servia, ela foi ao telefone, ele foi ao toalete. Quando regressaram, ao tomar a bebida, a mulher caiu fulminada.

Aproveitando a confusão que se seguiu, o homem desapareceu. A princípio, a polícia supôs que se tratasse de suicídio. Na bebida ingerida havia uma dose mortal de estricnina. Apuraram a identidade da mulher, localizaram e prenderam seu amante. Era ele.

O homem se defendeu como pôde:

— Foi suicídio — repetia, desesperado.

— Então por que você fugiu?

— Nessas horas a gente não pensa em nada, perde a cabeça.

— Você se aproveitou da ausência dela para pôr o veneno.

— Ela é que se aproveitou da minha ausência para se matar.

— Por que ela havia de se matar?

— Vivia dizendo que acabava fazendo uma loucura e que a culpa seria minha. Fez de propósito, para me culpar.

— Você quer dizer que alguém é capaz de morrer de propósito só para pôr a culpa noutro?

— De que não é capaz uma mulher?

— Isso não prova nada: a culpa foi sua mesmo.

Ele acabou confessando.

No julgamento, porém, surpreendeu a todos, novamente alegando inocência, a confissão havia sido extorquida sob tortura. Foi absolvido por falta de provas. E ninguém mais teve notícias dele.

2

O comissário Serpa, sem paletó, mangas arregaçadas, gravata frouxa, veio da sala dos fundos atender o telefone no seu gabinete:

— Delegacia de Polícia. Ele mesmo. Ah, é você, Janete?

Ficou um instante a escutar, olhando distraidamente as cartas de baralho que tinha na mão:

— Eu ia lhe telefonar, meu bem, juro. Mas passei um dia ocupadíssimo, você nem imagina. Talvez a gente possa jantar mais tarde, depois do espetáculo.

Ao fim de outra pausa:

— Gostei sim, quem é que disse que não gostei? Quando você entra no palco, toma conta. No fim eu quis ir lá abraçar você, mas não dava, tinha muita gente. Estreia é assim mesmo. O final é que achei meio confuso. A gente não entende quem é doido, quem não é. Aquilo não ficou muito claro não. Ah, é para ser assim mesmo? Bem, assim é, se lhe parece...

Foi interrompido pela entrada do guarda conduzindo um preso:

— Comissário, está aqui o homem.

Serpa desligou o telefone, encaminhou-se para a sala dos fundos:

— Não vou poder interrogar agora não, Fortunato — disse de passagem. — Traga outra hora.

— E a mulher, o senhor vai atender?
— Que mulher?
— Essa que está aí fora há meia hora.
— Que é que ela quer?
— Registrar queixa.
— Atende você mesmo.
— Ela disse que só com o comissário.
— Por que só comigo? Tudo nesta delegacia é só comigo.

Resignado, mandou que o guarda fizesse a mulher entrar. O preso, sentado no banco junto à parede, esperava pacientemente.

Era uma mulher de seus trinta e poucos anos, vestida com certo apuro e de feições bonitas, apesar da preocupação que lhe anuviava o rosto. Um pouco maltratada pelo tempo — concluiu ele rapidamente, depois de examiná-la, sem maior interesse. Acomodou-se à sua mesa, mandou que ela se sentasse na cadeira em frente. Deu de olhos com o preso, chamou o guarda:

— Fortunato! Leve esse homem daqui.

Depois que o guarda saiu com o preso, voltou-se para a mulher:

— E então?
— Meu nome é Maria Miraglia — disse ela, com intensidade. — Sou casada com Amadeu Miraglia.
— Com quem?

— Amadeu Miraglia. O senhor já deve ter ouvido falar nele.

— Não tive o prazer. Alguma coisa de especial com relação a seu marido?

Ela respirou fundo, aborrecida:

— Francamente, comissário, o senhor me deixa confusa. Não sei por onde começar.

— Me disseram que a senhora veio registrar uma queixa. Comece pela queixa.

— Vim registrar uma queixa sim. Contra meu marido.

— Quem é seu marido, posso saber?

— Amadeu Miraglia!

— A senhora já disse. Mas posso saber quem é ele, na ordem das coisas?

— O senhor não sabe mesmo?

— Como é que eu haveria de saber?

— O senhor é da polícia, devia saber.

— Posso descobrir, mas não adivinhar. Se soubesse, não estaria perguntando. Talvez se a senhora mesma me dissesse...

Ela se ergueu vivamente:

— Comissário, Amadeu Miraglia é um assassino.

Serpa olhou pensativo as cartas de baralho que ainda trazia na mão, gritou em direção à porta:

— Fortunato!

Quando o guarda apareceu, estendeu-lhe as cartas:

— Avise ao pessoal lá dentro que pode continuar sem mim.

Voltou-se para a mulher:

— Muito bem: um assassino. Amadeu Miraglia... Não, não sei de quem se trata. Não conheço pelo nome todos os assassinos desta cidade. Quem é que ele assassinou?

— A mulher dele. Mas não ficou provado.

O comissário olhou-a, desconfiado:

— A mulher dele não é a senhora?

— Eu digo a outra. A amante, naquele tempo. Foi antes de se casar comigo. Comissário, o senhor há de achar estranho o que vou lhe contar.

— Aqui dentro a gente não estranha nada. Pode contar.

3

Quando a mulher terminou o seu relato, Serpa mandou chamar o escrivão:

— Motinha, esta senhora aqui está querendo registrar uma queixa contra o marido.

Muita coisa naquela história não fazia sentido. Ela trouxera recortes de jornais sobre o crime, para comprovar o que dizia. Haviam sido encontrados ao mexer nos guardados do marido. Até então ela não sabia de nada. A partir daí é que ele começou a ameaçar matá-la também e depois dizer que tinha sido suicídio.

— Amadeu Miraglia... É isso mesmo — comentou o escrivão. — Matou a mulher dele num bar aqui perto, já faz alguns anos.

— Perdão, a mulher dele sou eu — interveio ela.

Motinha se esquivou:

— Bem, não estou muito a par... Bira trabalhou no caso, deve se lembrar melhor.

— Então leve-a com você para lavrar a queixa — encerrou Serpa. — E me chame o Bira.

Havia dito a ela que uma queixa não adiantava nada. Com queixa ou sem queixa, se o marido quisesse matá-la, matava mesmo e estava acabado. Melhor seria então pedir garantia de vida.

— Que garantia eu posso ter, vivendo ao lado dele o tempo todo?

— Podíamos chamá-lo aqui, adverti-lo...

— Pelo amor de Deus, não! Ele sabe como se sair dessas advertências. Pois da outra vez não se livrou, depois de ter matado e até confessado? A queixa é a minha garantia. Se ele me matar, desta vez ao menos fica provado.

Bira se apresentou ao comissário, enquanto ela registrava a queixa na outra sala:

— Me lembro perfeitamente. Envenenou a mulher.

— Constou suicídio — atalhou Serpa. — Acabou absolvido.

— Suicídio nada, comissário. O homem confessou tudo.

— Disse no júri que foi trabalhado aqui dentro.

— Trabalhado? Mal encostamos a mão nele. Deu o serviço na maior moleza. Teve um detalhe que na época me deixou meio aporrinhado. No júri ele falou uma porção de coisas contra nós, deu meu nome. Os jornais então publicaram, saiu até meu retrato. Só que meu nome saiu errado: saiu com o nome do comissário Lira.

— Como é que eu não me lembro desse caso?

— O senhor ainda não tinha sido transferido para cá. Tem uns cinco anos, daí pra mais.

Serpa examinou com curiosidade os recortes que a mulher deixara sobre a mesa:

— Diz aqui que havia outro suspeito, um garçom.

— Isso foi no princípio. Logo depois vimos que tinha sido ele mesmo.

O guarda Fortunato surgiu à porta:

— Comissário, quer interrogar o homem agora?

Serpa o despachou com um gesto irritado, voltou-se para o investigador:

— Me conte essa história.

Bira contou: estava de serviço com o comissário Lira, e o garçom veio avisar que tinha uma mulher morta num bar ali perto. Foram até lá, quando chegaram a mulher ainda estava quente. O homem havia fugido.

— Não encontramos ninguém mais. Se tinha algum freguês na hora, todo mundo se mandou. Só pegamos o garçom para interrogar.

Era um bar pequeno, fechado, desses com pretensão a elegante. Os dois haviam entrado juntos, pediram a bebida...

— Que espécie de bebida?

— Martini. Martini seco, se não me engano. Por quê?

— Por nada. Continue.

Depois que o garçom atendera o casal, ela havia ido ao telefone, ele, ao toalete:

— Voltaram para a mesa, ela tomou a bebida e pá! caiu morta. Ele tinha posto estricnina no cálice dela.

— E o cálice dele?

— Que é que tem o cálice dele?

— Fizeram perícia no cálice dele?

Bira não se lembrava. Se haviam feito, nada ficara apurado:

— Por quê? O senhor acha que podia ter sido um pacto de morte, ou coisa parecida?

— Não acho nada, estou só perguntando. Para quem ela tinha ido telefonar?

— Isso também não ficou apurado não. Só a mulher podia informar, e ela estava morta. Deve ter sido para o outro. Era uma mulher bonita. E mulher bonita, já sabe, se o marido matou, tem sempre um outro.

Contra a sua vontade, Serpa começava a se interessar:

— Gostaria de ver esse processo.

— O senhor não pode requisitar? O Motinha, naquela época...

— Deixa, que depois eu me entendo com o Motinha. Por ora é só, Bira.

4

A mulher parecia mais aliviada:

— Comissário, não sei como lhe agradecer. O seu Motinha foi muito amável, registrou a queixa como eu queria. Me deu até uma certidão, olha aqui.

E exibiu a certidão. Depois de passar os olhos, Serpa devolveu-a com ar sério:

— Muito útil em caso de perigo: cuidado! essa mulher está ameaçada de morte pelo marido. Mas sente-se um pouco, vamos conversar.

Ela o olhou, desconfiada:

— Não posso me demorar. Daqui a pouco Amadeu chega do trabalho, tenho de providenciar o jantar. Se chegar antes de mim, corro um risco muito grande.

Serpa estava disposto a puxar por ela:

— Risco de quê, precisamente?

— Ora, de quê. Já não lhe disse? Risco até de envenenar a comida, por exemplo.

— Se ele quisesse matá-la, já tinha matado.

Ela acabou se sentando automaticamente na ponta da cadeira:

— O senhor é que pensa. Eu me defendo.

— Ainda não fiquei sabendo que motivo ele tem para querer matá-la.

— Precisa de motivo? Ele me odeia, é este o motivo. Acha que sou a desgraça da vida dele. Vive se queixando. Diz que eu gasto tudo que ele ganha em roupas e futilidades — coisas assim.

— De fato, é bonito o seu vestido — ele comentou, lisonjeiro. — Onde é que seu marido trabalha?

— Até há pouco tempo não trabalhava. Chegamos a passar dificuldades. Recentemente arranjou emprego numa firma comercial.

— Vocês têm filhos?

— Por que está perguntando isso?

— Porque se não têm...

— Não temos não.

— ... podiam se separar, e estava resolvido.

— Se fosse assim tão fácil! O senhor não sabe de que ele é capaz. Aí é que me mata mesmo. Não me larga nem um minuto. E, no trabalho, fica telefonando a todo instante para saber onde estou, o que estou fazendo.

— Ciumento, então — concluiu ele, balançando a cabeça.

Ela sorriu, embaraçada, dizendo que não dava motivo para ciúme.

— E se desse?

— O que é que o senhor quer dizer com isso? — estranhou ela.

— Nada. Esqueça. É que eu estava pensando...

Ela já não o ouvia:

— Tudo que eu como pode estar envenenado. Ontem, antes de me deitar, ia tomar um copo de leite, fiquei desconfiada, fiz ele provar primeiro. Ele então riu e jogou fora o leite, dizendo que ainda não havia chegado a minha hora, quando chegar eu nem vou perceber. No café da manhã, no almoço, no jantar, a todo momento tenho de ficar atenta... Na minha casa, até o ar parece envenenado.

— E por que haveria de ser veneno? Ele não poderia usar de outro recurso?

— O plano dele é me matar como matou a outra. Para não despertar suspeitas.

O comissário ficou um instante pensativo, tentando entender. Acabou sacudindo a cabeça e se erguendo, impaciente:

— Quer saber minha opinião? Não acredito que ele pense em matá-la. Está fazendo isso com algum objetivo. Se ele não quisesse despertar suspeitas, começava por não lhe dizer nada. E, depois, com o passado que ele tem, se já se meteu numa, não vai se meter noutra, que desta ele não escaparia.

Ela também se ergueu, com ar melindrado:

— Para mim não tem importância que o senhor acredite ou não. Já que não poderia mesmo fazer nada... O que interessa é a minha queixa, para ficar provado, e esta eu já fiz. Agora, comissário, me desculpe, mas tenho de ir andando. Posso levar isso?

Recolheu os recortes de jornal, guardou-os na bolsa. Ele acompanhou-a até a porta:

— Espero tornar a vê-la. E bem viva, como hoje... Como é mesmo o seu nome?

— Maria Miraglia.

— Volte sempre, Maria. Estamos aqui para servi-la.

5

Motinha, o escrivão, andava preguiçosamente pela sala, palito de fósforo no canto da boca, mãos nos bolsos, puxando a calça para baixo e forçando os suspensórios. Serpa, cadeira reclinada para trás, pernas esticadas, pés cruzados sobre a extremidade da mesa, observava-o, abstraído:

— Mulherzinha estranha essa, hein, Motinha? — comentou.

— Estranha, mas tem lá o seu lugar — tornou o outro: — É uma mulher interessante.

— Pode ser. Que é que você acha desse caso?

— Do Miraglia? Sei lá... Tenho visto coisas. Não sei é como ele consegue arranjar tanta mulher bonita para matar. Se bem me lembro, é um sujeitinho meio insignificante.

— Ele matou mesmo a outra? Com toda a certeza?

— Certeza, certeza, quem é que pode ter? O caso não foi tão simples assim. O pessoal da Técnica andou falhando, os jornais fizeram barulho, a Central acabou avocando o inquérito. Denunciaram o Miraglia na base de uma confissão meio velhaca, depois de um trabalhão medonho, eu mesmo disse: besteira! O homem sai livre! E o homem saiu livre.

— Tem coisa na história dessa mulher — insistiu Serpa: — Coisa que não está bem explicada.

O escrivão parou, palitou os dentes com o pau de fósforo, atirou-o no chão:

— Serpa, eu vou lhe dizer uma coisa: em trinta anos de polícia, confesso que poucas vezes vi alguma coisa que estivesse bem explicada.

O comissário se ergueu, foi até a porta, gritou pelo guarda:

— Fortunato!

O guarda se apresentou.

— Me chame o Bira.

— Bira foi ao café — informou o guarda.

— Mande ele falar comigo assim que voltar.

— Comissário, quando o senhor quiser interrogar o homem...

— Quando eu quiser eu aviso. Agora vá para o seu posto.

Voltou para o meio da sala, dirigindo-se ao escrivão:

— Esta é a delegacia mais anarquizada de toda a cidade. Não sei como você aguenta servir aqui durante tantos anos.

— No tempo do Lira era pior.

— Gostaria de ter uma conversa com ele.

— O Lira está aposentado.

— Eu sei. Você tem o telefone dele?

Algum tempo depois o Bira se apresentava:

— O senhor quer falar comigo, comissário?

— Quero que você me traga o homem aqui.

— Que homem?

— Amadeu Miraglia.

— Mas ele sumiu no mundo! Nunca mais ouvi falar...

— Não sumiu não. Ele é marido daquela mulher que saiu daqui. Motinha tem os dados todos, pegue lá com ele. Me traga o homem aqui.

6

Naquela mesma tarde, Serpa conversou ao telefone com o ex-comissário Lira. Depois de desligar, acendeu um cigarro, foi até a janela e ficou a olhar a rua. Anoitecia, e aos poucos a sala ia ficando escura, sem que ele se lembrasse de acender a luz. Um homem surgiu à porta, vacilante, avançou uns poucos passos sala adentro, sem ver ninguém, parou. Serpa se voltou, ambos fizeram um movimento de susto quando deram um com o outro. Serpa levou instintivamente a mão à cintura, embora o coldre com o revólver estivesse dependurado, junto ao paletó, no cabide a um canto da sala. Avançou rápido até a parede, acendeu a luz:

— Quem é você? Fortunato!

Ambos ficaram momentaneamente ofuscados com a claridade.

— Comissário Serpa? — o homem perguntou, apertando os olhos.

— Fortunato! — o comissário tornou a gritar.

O guarda surgiu à porta, esbaforido, Serpa apontou o recém-chegado:

— Como é que esse homem entrou aqui?

O guarda olhava um e outro, atrapalhado, gaguejando desculpas: não vira nada, não saíra da entrada nem um instante. Serpa, mal-humorado, mandou que ele se fosse, voltou-se para o homem:

— Quem é você? Que deseja?

— Meu nome é Amadeu Miraglia — disse o outro com voz sumida.

O comissário o olhou um instante, em silêncio. Não o imaginava assim, pálido, franzino, ombros caídos, gestos contidos. Ao contrário, pensava num homem desenvolto, falastrão, cafajeste.

— Sente-se.

O homem obedeceu, sentando-se na ponta da cadeira. Exatamente como sua mulher. A voz era baixa, quase um sussurro:

— Comissário, o senhor vai achar estranho o motivo que me traz aqui.

Serpa não pôde deixar de rir:

— Aqui dentro a gente não estranha nada, Miraglia. Pode dizer. É só falar um pouco mais alto, para que eu possa escutar.

— Não sei se o senhor já ouviu falar em mim.

— Confesso que hoje não tenho ouvido outra coisa.

O homem se perturbou:

— Não tem ouvido? Como assim? Pois eu... Eu não tinha ainda o prazer de conhecê-lo pessoalmente. Conheci bem foi seu antecessor, o comissário Lira... Que fim levou? Me lembro muito bem dele.

— Ele também se lembra muito bem de você. Aposentou-se.

— Merecido. Merecido. Andava precisando mesmo de um descanso.

— Quem continua aqui conosco é um velho amigo seu — cortou Serpa, em tom casual: — O Bira.

— O Bira? O investigador Ubirajara? — Amadeu Miraglia sacudiu a cabeça: — Não, comissário, não posso dizer que ele seja um amigo meu. É um homem violento, o senhor sabe disso. Mas já vejo que o senhor está a par da minha história. Da minha triste história.

— A sua triste história — repetiu o comissário, como um eco.

— O caso foi encerrado há muito tempo.

— Eu sei. O que é que o traz aqui?

— O senhor sabe que tive a desgraça de me ver envolvido na morte daquela mulher...

— Você há de concordar que desgraça maior foi a dela. Mas olhe só quem está aí.

Era o Bira que vinha entrando:

— Comissário, deixa comigo que eu trago o homem. Motinha me deu o endereço. Disse que a mulher dele...

O investigador se deteve, perplexo. Amadeu Miraglia se ergueu instintivamente, assustado.

— Estávamos falando justamente em você, Bira — e o comissário riu, apontando o outro: — Como vê, foi mais fácil do que você imaginava: olhe o homem aí. Pode ir, agora. Se precisar de você, eu chamo.

Com a saída do investigador, Amadeu tornou a sentar-se, aliviado:

— Sofri o diabo, comissário. Me maltrataram, até choque elétrico me deram, com um aparelho especial.

— Isso não se usa aqui, fique sabendo.

— Perdoe, nenhuma ofensa. Nenhuma ofensa. Não vim aqui para me queixar. Ou por outra: vim exatamente para isso.

— Isso o quê? Acho bom você se explicar melhor.

— Para que o senhor entenda, é preciso antes que eu esclareça: quando estava pensando em me casar com a Carmem...

— Carmem? O nome dela não é Maria?

Amadeu o olhou com surpresa:

— Como é que o senhor sabe o nome da minha mulher?

Serpa lastimou o lapso. Retrucou, evasivo:

— Sabe-se mais sobre sua vida do que você pensa.

Depois de cauteloso silêncio, em que parecia estudar o que dizer, Amadeu informou que Carmem era a outra:

— A que se suicidou.

E prosseguiu, dizendo que aquele suicídio o deixara mal: foi preso, levado de cá para lá, perdeu o emprego, ficou desmoralizado. Em resumo: sofreu o diabo. Mas acabou absolvido, graças a Deus reconheceram sua inocência. E o caso foi ficando esquecido. Então conheceu Maria, casou-se com ela:

— Pois bem, ela agora descobriu tudo e não me perdoa, está ameaçando fazer o mesmo: suicidar-se como se eu a tivesse assassinado. A princípio não levei a sério, mas ela tanto insistia, que comecei a ficar apreensivo. Um incidente ontem à noite me alarmou, e resolvi, pelo sim, pelo não, vir me aconselhar com o senhor.

— E o que é que aconteceu ontem à noite?

— Imagine o senhor que ela ia tomar um copo de leite antes de se deitar, fiquei desconfiado, insisti em provar. Não deixei que tomasse, tive de jogar fora: o leite estava envenenado.

— Como é que você sabe que estava envenenado?

— Eu provei: tinha um gosto esquisito.

— O que não quer dizer que fosse veneno.

Calaram-se ambos. Serpa esperava que o outro continuasse, mas ele permanecia em silêncio.

— Por quê? — perguntou, afinal.

— Perdão?

— Por que ela haveria de se suicidar?

Amadeu hesitou, como se não soubesse o que dizer.

— Vocês dois estão me escondendo alguma coisa — arriscou o comissário.

— Nós dois?

Resolveu abrir o jogo:

— Você e sua mulher. Ela esteve aqui.

Contou-lhe em poucas palavras que ela viera registrar queixa contra ele:

— Disse que você está pensando em matá-la, como matou a outra.

Amadeu se erguera, perturbado, mas voltou a sentar-se:

— Bem que eu desconfiava. Então estou mesmo perdido.

— Como matou a outra — repetiu Serpa: — Você matou a outra.

— O senhor acredita realmente que fui eu, comissário?

Serpa apontou-lhe um dedo ameaçador:

— Escuta, Miraglia: eu não trabalhei no seu caso, de modo que, para mim, ali tem ainda muita coisa mal explicada. Mas uma delas é clara feito água: você matou aquela mulher. Como conseguiu escapar, eu não sei. Não será difícil reabrir o processo.

Amadeu não se deixou intimidar:

— Perdoe, comissário, mas não vejo como. Ficou claro como água é que Carmem se suicidou. Tanto assim que o júri me absolveu por unanimidade. Outro no meu lugar a teria matado mesmo. Eu amava Carmem loucamente, ia me casar com ela.

— Você não foi o primeiro a matar a mulher que amava loucamente. Acontece nas melhores famílias. Mas desta vez, cuidado conosco.

— Que adianta ter cuidado? Desta vez eu não escapo. Agora é que ela vai mesmo se matar. Por isso veio aqui. O senhor quer coisa mais clara? Com a queixa dela, agora, se matando, vão achar que fui eu.

O escrivão ia passando em frente à porta, no corredor. O comissário o chamou:

— Motinha, vem cá! Este é o Amadeu Miraglia. Veio aqui dizer que a mulher vai se matar e pôr a culpa nele, como fez a outra.

Motinha riu:

— Vamos chamar o Bira para dar um serviço nele, ver o que se apura.

Amadeu não achou graça:

— Aquele homem é um monstro, comissário. Sabe torturar sem deixar marcas.

— Eu em seu lugar não diria essas coisas aqui dentro.

— Vou lhe dar um conselho, Miraglia — e o escrivão também se fez sério: — Por que você não se mata e põe a culpa em sua mulher?

Depois que o escrivão se foi, Amadeu Miraglia se levantou, vendo que não havia mais nada a fazer ali:

— Se ela se matar...

— Trate de impedir que ela se mate — atalhou o comissário.

— Isso é fácil de dizer. Comissário, um dia, eu era menino, meu pai me deu um passarinho. Eu cuidava dele o dia inteiro, era a alegria da minha vida. Dava alpiste, dava água, tirava da gaiola, brincava com ele. Pois bem; um dia o passarinho amanheceu morto.

— Envenenado? — gracejou Serpa.

— Não — o outro respondeu, sério: — Morto mesmo, como um passarinho.

— Moral da história: com passarinho não se brinca.

— Justamente. Meu pai então disse que eu é que tinha matado, me pôs de castigo.

— Pois foi você mesmo. Ou vai querer dizer que o passarinho se suicidou.

Amadeu parecia não ter escutado:

— Não sei o que há comigo. Tudo que minhas mãos tocam, logo definha e morre. Tudo que eu amo se perde para sempre. Carmem era a alegria da minha vida...

— Não vem com essa conversa de poeta não, Miraglia. Em que momento você pôs o veneno no cálice dela? Quando ela foi telefonar?

— Não pus veneno no cálice de ninguém. Eu tinha ido ao toalete. Quando voltei...

— Para quem ela telefonou?

— Isso é um interrogatório?

— Se não quiser, não responda.

— Tudo já foi pisado e repisado.

— Consta que você tinha ciúme dela. Por causa disso é que ela foi suicidada por você.

— Eu sei por que Carmem se suicidou.

— Ah, sabe? Então me conte. Talvez o caso fique esclarecido.

— O caso já ficou esclarecido, comissário. E o senhor insiste em pôr a culpa em mim. Todos me culpam, como no caso do passarinho. O senhor quer me pôr de castigo por aquilo que não fiz.

— Pois saiba que você já está de castigo. Se alguma coisa acontecer com sua mulher...

— Então me dê garantias. As mesmas que o senhor deu a ela.

— Já sei: você quer registrar uma queixa contra o suicídio da sua mulher. Ora, Miraglia, fique sabendo de uma coisa: nós aqui dentro só sabemos lidar com gente morrida e gente matada. De modo que passe muito bem. E se alguma coisa acontecer...

7

Mal o comissário acabara de dar ordens ao investigador Ubirajara, com minuciosas instruções, para vigiar Amadeu Miraglia e sua mulher, ela irrompe na sala sem pedir licença:

— Ele esteve aqui! Eu sei que ele esteve aqui. Vi quando ele passou na esquina, vi quando entrou, fiquei esperando este tempo todo, saiu ainda há pouco. Que é que ele veio fazer aqui?

Serpa deixou-se cair na cadeira com um suspiro bem-humorado:

— Veio falar na sua ameaça de se suicidar, como a outra.

— Então estou perdida. Ele já começou a se defender, o senhor não percebe?

— O que eu percebo é que esse caso é muito louco. Mas algumas coisas que ele diz fazem sentido.

Senão, vejamos: da primeira vez, escapou por pouco. Se matou ou não matou aquela mulher, o certo é que escapou por pouco. Se a nova mulher dele se mata, ele está ferrado. Alega que a sua queixa é exclusivamente para incriminá-lo. A menos que...

O comissário calou-se, ante a ideia também meio louca que lhe ocorrera. Ela insistiu em saber:

— O que é que o senhor ia dizendo?

Ele vacilou:

— Bem... A menos que invertêssemos os papéis... E se em vez de ser ameaçada, passasse a ameaçar seu marido?

— Como assim?

— Se começasse a dizer que vai fazer com ele o mesmo que ele fez com a outra? E que há de escapar como ele escapou... Hein?

— Está falando sério, comissário?

— Bem, é só uma ideia... Quem sabe?

— Ele me mata primeiro.

— Não tem perigo. Mandei um investigador vigiá-lo. Tem que ser veneno. Mas cuidado, hein? Só ameaçar, veja lá. Vocês têm veneno em casa?

— Ele tem: estricnina.

— Por que diabo ele tem estricnina em casa?

— Ele diz que é remédio, mas tenho certeza que é estricnina.

Serpa levou a mão à testa:

— Não sei onde é que estou com a cabeça... Esqueça isso, por favor.

8

Quando o escrivão veio avisar que já ia embora, o comissário lhe disse que acabara de cometer uma leviandade:

— Sugeri àquela mulher que ameaçasse matar o marido.

— É. Também é uma solução.

— E se ela leva a sério a sugestão?

— Enquanto não vê um cadáver, você não sossega, hein, Serpa?

— Sugeri que ela ameaçasse envenená-lo, para ver o que acontece. Saber com quem está a verdade nessa história. Já não estou entendendo mais nada.

— O seu mal, Serpa, é querer entender as coisas. Estou aqui há mais de trinta anos e só entendi uma coisa: que não é mesmo para se entender nada.

O escrivão saiu, deixando Serpa sozinho. O guarda Fortunato apareceu à porta:

— Quer interrogar o homem agora, comissário?

SEGUNDO

1

Um homem e uma mulher entraram no bar, sentaram-se e pediram martini seco. Enquanto o garçom os servia, ela foi ao telefone, ele foi ao toalete. Quando regressaram, ao tomar a bebida, a mulher caiu fulminada.

O comissário Serpa se destacou da penumbra, no fundo do bar:

— Acenda a luz aí! — ordenou ao garçom.

O garçom obedeceu, e tudo se iluminou. Sem a luz discreta de sempre, o pequeno bar perdia muito do seu ar fino e elegante, revelando a relativa modéstia do ambiente: pouco mais de meia dúzia de mesas ao longo da parede, um balcão com algumas banquetas, garrafas de bebida nas prateleiras com fundo de espelho, e era só. Serpa adiantou-se até a mulher caída ao chão:

— Muito bem, Janete. Gostei de ver. Pode se levantar agora.

Ajudou a moça a se erguer. Amadeu Miraglia permanecia mudo e imóvel, sentado à mesa, um cálice vazio diante de si.

— E agora, que é que eu faço? — Janete perguntou, satisfeita com a sua atuação.

— Mais nada. — Serpa se despediu dela com um beijo no rosto: — Pode ir, meu bem. Mais tarde lhe telefono. Muito obrigado. Você é de fato uma excelente atriz.

Depois que ela se foi, o comissário se voltou para Amadeu:

— Você também trabalhou bem, Miraglia. Vê-se que conhece o seu papel. Mas chegou a hora de esclarecer umas coisas. E esclarecer direitinho, ouviu? O Bira está ali, para qualquer necessidade.

O investigador acompanhava tudo junto do garçom, ao fundo do bar.

— Não é preciso ameaçar — suspirou Amadeu, conformado. — O que o senhor quer saber?

— Tudo que se passou depois. Ela caiu, e você? Ficou aí sentado? Saiu correndo?

— Nem uma coisa nem outra. Chamei o garçom, pedindo ajuda. Em vez de vir, ele é que saiu correndo. Eu apenas corri atrás. Confesso que entrei em pânico. Vi logo que ela tinha se suicidado.

O garçom se adiantou:

— Eu não corri não senhor. Isso é mentira, comissário.

Era um homem de seus trinta anos, rosto sério, calva precoce. Estava indignado:

— Eu ajudei sim. Isto é, procurei ajudar. Vendo que a mulher estava morta, e esse homem fugindo...

Serpa o conteve com um gesto:

— Espere, que agora mesmo chega a sua vez.

Voltou-se para Amadeu:

— Por que você **viu logo** que ela tinha se suicidado?

— Porque ela já me havia falado em suicídio. Vínhamos conversando exatamente sobre isso.

— Sobre suicídio?

— Suicídio e outras coisas.

— Que outras coisas?

Ele fez um gesto de contrariedade:

— Comissário, tudo já foi apurado. Não encontraram provas contra mim.

— Sei disso. Ninguém está contra você.

— Esta reconstituição é arbitrária e ilegal. O senhor não pode fazer isso comigo.

— Só estou querendo esclarecer algumas coisas, e você concordou em colaborar. Por exemplo: você disse outro dia que sabia por que Carmem se suicidou. Pois bem: eu também gostaria de saber.

— O caso está encerrado. Já fui julgado e absolvido.

— Posso pedir reabertura do inquérito.

— O senhor não pode fazer isso.

O comissário perdeu a paciência:

— Quem é você para me ensinar o que posso e o que não posso fazer? Você disse também que outro em seu lugar a teria matado. Nega que disse?

— Então faça logo o que tem a fazer: me prenda, reabra o inquérito, me indicie.

— Prefiro fazer o que eu bem entender, se você não se incomoda. Agora, quero fazer apenas algumas perguntas. Primeiro: você sentou-se aqui com ela exatamente na posição em que se sentou com a Janete, não foi?

— Janete?

— Essa moça que... Ora, Miraglia, não se faça de desentendido. Responda direitinho, senão será pior para você. Vamos ver de novo: que foi que você pediu ao garçom?

Amadeu, resignado, deixou cair ainda mais os ombros:

— Dois martinis, eu já disse. Um para mim e outro para ela.

Serpa, depois de examinar os cálices, voltou-se para o garçom:

— Eh, rapaz! Você trouxe os cálices vazios?

O garçom se instalara no seu posto atrás do balcão:

— Não era para ser tudo figuração? Não posso servir bebida antes de abrir o bar, o senhor sabe: é da lei. Só abre às seis da tarde.

O comissário já não o ouvia:

— Muito bem. Depois ela foi telefonar, não é? Estava sentada aqui...

Sentou-se junto a Amadeu, tornou a se erguer, foi ao telefone no canto do bar:

— Quanto tempo ela ficou aqui no telefone? — gritou de lá.

— Não tenho a menor ideia — disse Amadeu. — Fui ao toalete no mesmo instante.

Serpa veio voltando:

— E quanto tempo você ficou no toalete?

— O tempo necessário para urinar.

— Quando voltou, ela ainda estava no telefone.

— Estava se despedindo, presumo. Voltamos praticamente juntos para a mesa.

— Se despedindo de quem? Do outro?

— Que outro?

— Você sabe muito bem que havia um outro.

— Tudo que eu sei, depus no processo. Basta consultar os autos.

Serpa se plantou diante dele, mãos na cintura:

— Você ainda vai se dar mal comigo, Miraglia. Pois saiba que já estou consultando. E sei fazer você falar.

— Não tenho a menor dúvida disso.

— Então me fale no outro.

— Seja como o senhor quiser. Havia um outro, sim.

— E por causa desse outro você a matou.

— Por causa desse outro ela se suicidou.

— Em que momento você pôs o veneno?

— Em que momento **ela** pôs o veneno, o senhor quer dizer.

— Antes ou depois de ir ao toalete?

Amadeu passou a mão pelo rosto, ar de cansaço:

— Comissário, todos os métodos de interrogatório foram usados comigo. Mesmo que eu fosse culpado, não iria cair num truque tão primário como esse, de me confundir com perguntas.

— Tanto iria, que caiu e confessou.

— Confessei, mas não assim. Se o senhor está disposto a fazer de novo o que fizeram comigo, pode mandar o escrivão bater a confissão que eu assino. Assino tudo o que o senhor quiser. Estou cansado...

O comissário começou a andar pelo bar, falando mais para si mesmo:

— Vamos ser coerentes. Como é que eu posso acreditar nessa história? Que ela tomou veneno e morreu, não resta dúvida. É aliás a única coisa sobre a qual não resta dúvida. Em que momento esse veneno foi parar no cálice dela é que é a questão. A menos que ali o nosso amigo...

Voltou-se para o garçom. Este sacudiu a cabeça com veemência:

— Não, comissário, por favor, não me meta mais nisso. Também já passei meus apertos. Fui interrogado na época, por pouco não confesso. Tenha paciência, mas desta vez prefiro ficar de fora.

Inesperadamente Amadeu interveio:

— Ela pode muito bem ter despejado o veneno no momento em que estávamos assim — e pôs o braço no encosto do banco: — Eu com o braço sobre o ombro dela e ela com a mão junto do cálice.

Serpa se adiantou, interessado, apontou o cálice:

— Você se esquece que esse cálice aí era o seu e não o dela.

— Então não sei. E desisto de saber. Foi alguém mais, enquanto eu estava no toalete.

— Ninguém mais se aproximou desta mesa, segundo o depoimento do garçom. A não ser ele próprio — e Serpa tornou a olhar o garçom, que sacudiu a cabeça, contrariado.

— Então caiu do céu dentro do cálice — encerrou Amadeu: — Como é que eu vou saber?

— Caiu da sua mão dentro do cálice — acusou o comissário, incisivo.

— Então prove.

— Quer maior prova que sua confissão no inquérito?

— Então prove — insistia Amadeu, sem ouvir.

Bira se destacou lá do canto:

— Não adianta, comissário. Da outra vez foi a mesma coisa. Só ficava assim: então prove! então prove! O homem é sonso. Parece bobo mas é muito vivo. Só fazendo um servicinho nele.

— Se for preciso você faz — concordou Serpa.

Amadeu se levantou:

— Comissário, desconfio que vou precisar outra vez de um advogado.

— Sente-se aí, homem — ordenou Serpa: — Advogado para quê?

— Requerer *habeas corpus*.

— Você não está preso, essa é boa. Pode ir embora quando quiser.

— Neste caso, com licença.

Amadeu ia saindo, Serpa o deteve:

— Espere um instante: não pense que estamos te coagindo, para extorquir confissão.

— Absolutamente, comissário — Amadeu respondeu com voz sumida: — Nem me passou pela cabeça.

— Pode ficar tranquilo, que, se quiséssemos, o método seria muito outro.

— Eu imagino.

— Estou apenas me reportando a uma coisa que você afirmou espontaneamente outro dia lá na delegacia: se fosse outro a teria matado. Por quê? Me diga por que, e pode ir embora.

— Comissário, isso é uma longa história.

— Pois então comece a contar, antes que seja tarde.

— Nem sequer surgiu no processo.

— Vai surgir agora.

— Nunca contei a ninguém...

— Conte logo, homem de Deus.

Amadeu tornou a sentar-se:

— Carmem e eu éramos noivos, como o senhor sabe — começou, com voz hesitante: — íamos nos casar, estava tudo preparado. Resolvemos apressar o casamento porque... Bem, porque já vivíamos juntos e ela estava esperando um filho.

Serpa, atento, perguntou por que ele omitira aquilo no inquérito.

— Não quis que a vida íntima de Carmem fosse discutida em público. Soube respeitá-la até depois de morta. Embora o casamento, com aquele filho, tenha ido por água abaixo.

— Não estou entendendo.

Amadeu prosseguiu, voz cada vez mais baixa:

— Fiz exame pré-nupcial e descobri que era estéril, não podia ter filhos. Apenas estéril, compreende? O filho não era meu, portanto.

Serpa o olhava, agora francamente impressionado:

— Por isso você a matou.

Amadeu continuou, como se não tivesse ouvido:

— Fiquei desesperado. Eu amava Carmem mais do que tudo na vida. Não queria perdê-la. E havia o outro... Cheguei a pensar em perdoá-la, se ela se desfizesse do filho. Ela se recusou. Jurava que o filho era meu, preferia morrer... — ele se endireitou: — É isso: preferiu morrer.

— Sua mulher sabe dessa história?

— Antes de casar não contei nada, porque, se ela soubesse, não casaria comigo. Mas depois que descobriu o processo e tudo mais, tive de contar. É por isso que ela também quer se matar. E o culpado serei eu.

O comissário o olhava, confuso:

— Espere um pouco, não estou entendendo. Por isso o quê?

Amadeu pela primeira vez olhou o policial nos olhos:

— O senhor não está entendendo porque não quer, comissário. Minha mulher também está esperando um filho.

— Esperando um filho? Mas você não disse que era...

— E sou.

A fisionomia do comissário se iluminou:

— Ah! Por causa disso é que você está pensando em eliminá-la, como fez com a outra.

— Não, comissário — Amadeu respondeu, com a voz pausada de quem está no último limite da paciência: — Por causa disso ela própria está pensando em se matar. Porque ela sabe que eu sei que o filho é de outro.

— E quem é esse outro?

— Já se foi o tempo em que eu me martirizava tentando descobrir. Descubra o senhor, que é da polícia e está tão interessado.

Amadeu ergueu-se para sair. Bira, que tentava acompanhar a conversa, soltou uma gargalhada:

— Agora estou entendendo.

E fez com os dedos dois chifres na testa. Inesperadamente Amadeu investiu contra ele, o investigador o conteve com um murro. Depois sacudiu a mão no ar:

— Sujeitinho engraçado! Acabou de dizer que não se importava!

Amadeu comprimia um lenço contra os lábios atingidos. Serpa o dispensou, batendo-lhe no ombro, num gesto inesperadamente amistoso:

— Pode ir embora, Miraglia. Desculpe o mau jeito.

Vendo-o afastar-se em passos lentos, fez sinal ao investigador para segui-lo. Mas antes de alcançar a porta, Amadeu se voltou:

— Comissário, há uma coisa que eu não contei, para que o senhor não pensasse que enlouqueci de vez. Já que comecei a apanhar na cara, agora eu conto tudo. De uns dias para cá, minha mulher está ameaçando me matar. Diz que vai me envenenar como eu envenenei a Carmem. Diz que vai pôr estricnina no meu copo.

O comissário caminhou até ele:

— E você não deu a menor importância a isso? Não é um pouco estranho que você tenha medo de que sua mulher se suicide e não tenha medo de que ela te mate? Para que você tem estricnina em casa?

— Eu não tenho estricnina. Ela está cansada de saber que é bicarbonato. Sofro de acidez, tenho uma úlcera no estômago.

— Você não está com medo de que ela se suicide com bicarbonato, está?

— Ela pode perfeitamente arranjar estricnina, como a outra arranjou.

— E não pode usar essa estricnina contra você?

— O senhor nem parece que é da polícia, comissário. Pense um pouco: ela nunca haveria de me matar, porque estaria perdida, todo mundo saberia que foi ela. Pela mesma razão, se ela se matar, todo mundo pensará que fui eu.

O comissário concordou com a cabeça, mas não sabia o que pensar:

— Miraglia, você tem o dom de me botar confuso. Como é que você tem tanta certeza disso?

— Tenho certeza, porque se eu me matasse, todo mundo pensaria que foi ela. Adeus, comissário.

Amadeu abriu a porta e saiu. Bira seguiu atrás. O garçom tornou a trancar a porta.

2

A sós com o garçom, o comissário voltou-se para ele:

— Escute, Genésio... Seu nome é Genésio, não? Precisamos ter uma conversinha.

Pediu antes que lhe servisse um uísque, para arejar as ideias. O garçom se recusou:

— O senhor me desculpe, comissário, mas não posso servir. Só abre às seis horas. Ordem da polícia. E meu nome é Genaro.

— Você se esquece que eu sou da polícia, rapaz.

— Por isso mesmo. O senhor pode mandar me multar, não pode? Até me prender, fechar isto aqui. É sua jurisdição.

Serpa se aboletou junto do bar, já pensando noutra coisa:

— Quando você telefonou para a delegacia, o nosso amigo já havia fugido?

— Quando vi a mulher cair, deixei ele aqui junto dela. Quando voltei, ele tinha sumido.

— Voltou de onde?

— Da delegacia. Fui lá avisar. É aqui perto.

— Eu sei. Trabalho lá. Por que não avisou pelo telefone?

— Porque o telefone não estava funcionando.

Serpa se encaminhou até o telefone, tirou o fone do gancho, levou-o ao ouvido:

— Está funcionando.

O garçom riu:

— Foi consertado, comissário. Já faz tempo.

— Espera lá — e o comissário começou a bater com o dedo no balcão, escandindo as sílabas: — Depois que você serviu os dois, ele foi ao toalete, ela ao telefone. E com ela o telefone funcionou?

O garçom o olhava, estupefato:

— É isso mesmo! Não podia funcionar. Estava quebrado. Como é que nunca me ocorreu isso?

— E não ocorreu a ninguém, na época? Não constou do inquérito?

— Que eu saiba, não.

— E não lhe ocorreu botar veneno no cálice dela enquanto eles não estavam na mesa, hein?

O garçom brandiu a mão, como se repelisse a pergunta:

— Que é isso, comissário? O senhor está de brincadeira comigo?

Alguém batia insistentemente na porta.

— Vá abrir, Genésio.

— Não posso — recusou-se o garçom: — Ainda não é hora. E meu nome é Genaro.

3

Maria Miraglia continuou batendo na porta de vidro do bar. O garçom acabou indo dizer-lhe que sentia muito, mas só abria às seis horas. Ela insistia em entrar, dizendo que tinha urgência de falar com o comissário Serpa. Este ordenou que ela entrasse:

— Que negócio é esse, rapaz? Está pensando que isto aqui é a Inglaterra?

— Fiquei esperando o senhor mais de uma hora lá no distrito — disse ela. — Só agora me informaram que estava neste bar.

Olhou ao redor, curiosa:

— Então foi aqui, hein?

O comissário se passou para a mesa:

— Sente-se, Maria. O que é que tem de tão importante para falar comigo desta vez?

Ela se sentou a seu lado, mãos no colo, postura rígida:

— Não deu resultado.

— Que é que não deu resultado?

— Tenho ameaçado Amadeu como o senhor mandou, mas ele não dá a menor importância. Ri na minha cara. Outro dia chegou a pegar o vidro de veneno e me estendeu, dizendo: tome, despeje no meu copo de uma vez, se você é homem.

— Se você é homem?

— Modo de dizer, comissário.

— Gostaria de ter uma prova mais concreta...

— Comissário! — protestou ela.

— Uma prova mais concreta de que ele pensa em matá-la. É o que eu quero dizer. Ou que matou a outra. Ou que... Sei lá! Não sei nem o que eu quero dizer. Estou farto deste caso. E depois? Ameaçou matá-lo com uma dose de bicarbonato?

— Foi ele quem disse que é bicarbonato, não foi? Pois eu digo que é estricnina.

— Quer que eu acredite que seu marido cura acidez de estômago com estricnina?

— Sei que é estricnina porque dei para o gato e o gato morreu. Está satisfeito?

Serpa olhou para ela, pensativo:

— Seu marido é um infeliz, Maria. Hoje tivemos uma conversa que me convenceu. É um infeliz.

— Ah, é? Convenceu? Tiveram uma conversa. Interessante! Gostaria de saber que conversa foi essa. Quem sabe o senhor me convence também?

O garçom olhou o relógio, baixou a luz, deixando o bar na penumbra, pôs a tocar uma música suave.

— Que é isso, rapaz? — perguntou Serpa.

— Hora de abrir, comissário — e foi abrir a porta.

O comissário começou a rir, dizendo para Maria:

— É a única pessoa que cumpre a lei neste país.

Como para confirmar, o garçom veio trazer o uísque que ele havia pedido. Depois dirigiu-se a ela:

— E a senhora?

— Tome alguma coisa — Serpa sugeriu.

— Não costumo beber.

— Não faça cerimônia.

— Já que insiste — ela vacilou: — Eu aceitaria um martini seco.

Ele a olhou, surpreendido, e ordenou ao garçom:

— Genésio, um martini seco para ela.

Depois de atendida, ela se deixou ficar, olhos pregados nele:

— Estou esperando, comissário.

— Esperando o quê?

— Que o senhor me convença.

Ele ficou calado um instante, a rolar com o dedo o gelo no copo:

— O que você está esperando é um filho, Maria — falou, afinal.

Agora ela é que se surpreendeu. Mas logo se refez:

— E se estiver? Eu sou casada, não sou? A outra não era.

— Eu sei de tudo, Maria.

— O que é que o senhor sabe? Pode me dizer.

— Que a outra não era.

— E daí?

— E que o filho dela não era dele. Por isso ela se matou. Como o seu também não é.

— Ah, não? E de quem é, pode me dizer?

— Sei lá. Meu é que não é.

— Comissário, por favor.

— Pare de me chamar de comissário — ordenou ele. — Não estou de serviço. Aqui sou um freguês como outro qualquer. Me chame de Serpa, de **você**.

— Serpa, você...

Martini Seco

Ele a interrompeu, sorrindo satisfeito:

— Assim... Agora tome o martini, você nem provou. Pode tomar, não está envenenado.

Maria pegou o cálice e virou o martini de uma só vez. Admirado, o comissário ordenou:

— Genésio, traga outro uísque para mim e outro martini para ela. Sem veneno.

— Quer dizer que até você acreditou nessa história de que ele não pode ter filhos — ela recomeçou, depois que o garçom os serviu.

— Por quê? Não é verdade?

— Ele pensa que é. Por isso matou a outra. E por isso vai acabar me matando: porque cismou que o filho não é dele. Eu sei que não escapo. Estou perdida. Quando o ameacei de morte, como o senhor sugeriu...

— Você.

— ... como você sugeriu, ele disse que se eu tornasse a falar nisso, ele se suicidava, e a culpa cairia toda sobre mim.

— Era só o que faltava.

— Eu não escapo, estou perdida — repetiu ela e começou a chorar, a cabeça no ombro dele.

— Que é isso, Maria — reagiu ele, desconcertado, passando-lhe o braço pelo ombro: — Perdida coisa nenhuma. Deixe comigo. Enquanto você estiver comigo ele não tem coragem. Agora esqueça um pouco isso, por favor. Nunca vi morte mais programada, puxa! Olha aí, tome o seu martini. Vamos mudar de assunto, conversar sobre outra coisa. Ou então ficar assim, em silêncio.

Ficaram em silêncio, quase abraçados, como um casal qualquer.

4

Amadeu Miraglia irrompeu no bar. Sua mulher e o comissário se ergueram, num movimento de surpresa. Ele os apontou, dramático:

— Eu sabia! Bem que eu desconfiava! Continuem! Por que não continuam?

E avançou desajeitadamente contra o comissário, tentando agredi-lo. Serpa o dominou com facilidade, e o fez sentar-se à força. Ele escondeu o rosto com as mãos, enquanto Bira cruzava a porta do bar e vinha pachorrentamente encostar-se ao balcão.

— Deixe de bobagem, Miraglia — disse Serpa com energia: — Se você está buscando pretexto para matar sua mulher, não me envolva nisso. E vamos aproveitar para pôr as coisas a limpo de uma vez por todas.

— Eu estou perdido — falou ele, mãos ainda cobrindo o rosto.

— Agora é você — retrucou o comissário, sem se abalar: — Eu sei que você está perdido. Com essa mulher, eu também estaria. Mas de uma coisa pelo menos fiquei ciente: o senhor agora anda ameaçando se suicidar. Pode me dizer como? Com bicarbonato?

— Ela é que anda ameaçando me matar.

— Você já me disse. Foi plano meu.

Amadeu levantou a cabeça:

— Plano seu? Ah, eu bem sabia que havia dedo de alguém mais nessa história. Por muito menos vocês da polícia até me arrancariam as unhas. Eu sabia que sozinha ela não teria coragem.

Serpa sorriu, irônico:

— Eu não estaria tão certo disso. Lembre-se do gato.

— Que gato?

— O gato não morreu envenenado?

— Ah, então foi ela que matou meu gato! E posso saber como ela fez isso?

— Com o seu bicarbonato.

Ele aprumou o corpo, vitorioso, tirando do bolso um pequeno vidro:

— No que o senhor muito se engana! Matou foi com isto aqui! Fui buscar lá em casa, aquele ali está de prova! — e apontou o investigador, que lia um jornal: — Procurei nos guardados dela até encontrar!

— Que é isso? — perguntou Serpa.

— Estricnina!

Maria, que até aquele momento não dissera uma só palavra nem fizera um só movimento, informou com voz calma:

— Isso é o bicarbonato dele, Serpa. Ele mesmo me deu outro dia para guardar, não lhe contei?

Serpa tomou o vidro, examinou-o e depois atirou ao Bira:

— Mande para a Perícia ainda hoje.

O investigador destampou o vidro, cheirou, ia metendo o dedo para provar, o comissário deu um grito:

— Não faça isso! Basta um grãozinho na língua e você cai morto.

Assustado, Bira tampou o vidro e guardou-o no bolso. Serpa estendeu uma caderneta a Amadeu:

— Escreva aí o endereço do tal médico.

— Que médico?

— O do exame pré-nupcial. Também estou pensando em me casar.

Depois que o outro o atendeu, Serpa destacou a folha, estendeu-a ao Bira:

— Apanhe com esse médico os dados sobre Amadeu Miraglia. Se conseguir a ficha dele, com todos os exames, tanto melhor. Se o médico se negar, paciência. Outra coisa: apure na Companhia Telefônica se este telefone estava funcionando no dia...

Virou-se para Amadeu:

— Que dia mesmo você matou a mulher, Miraglia?

Amadeu já havia recuperado a calma:

— Carmem se suicidou cinco anos atrás, exatamente na data de hoje.

— Na data de hoje? — o comissário deu uma gargalhada: — Esta é a maior. Que coincidência! Tipo do aniversário bem comemorado. É possível até que o espírito dela esteja rondando por aqui, à espera de uma oportunidade para se manifestar.

O garçom se adiantou:

— Tenho certeza, comissário, que o telefone andou enguiçado praticamente naquele mês inteiro.

Serpa se voltou para ele:

— Ah, sim? E vocês nem para providenciar o conserto? Bom serviço, o deste bar. Por isso mesmo é que aqui tem tanto freguês.

— Por isso mesmo — concordou o garçom: — Desde que esse aí... Bem, depois que a tal mulher morreu aqui dentro, o bar nunca mais foi o mesmo. O patrão até pensou em vender... Acho mesmo que ficou mal-assombrado. Às vezes, quando estou aqui sozinho, tenho a impressão de ver a mulher aí estendida, morta, a língua de fora, a cara toda torcida.

Serpa tomou o resto do seu uísque e se ergueu:

— Com essa eu me vou. Vocês ficam? Pois quando um de vocês matar o outro, mande me avisar. Adeus, Genésio. Vamos embora, Bira.

— Adeus, comissário — respondeu o garçom. — A bebida fica por conta da casa. E meu nome é Genaro.

5

Amadeu se deixou ficar em silêncio, sentado ao lado de Maria. Ela virou calmamente o resto do martini e olhou-o, à espera.

— Posso saber o que você e aquele tira estavam fazendo aqui? — começou ele, afinal, com voz mansa.

— Conversando.

— Conversando sobre o quê?

— Sobre você.

— Quando entrei, vocês não estavam conversando. Estavam abraçados, assim — e ele passou o braço sobre o ombro dela.

O garçom pôs nova música e se aproximou:

— Querem tomar alguma coisa?

— Eu quero — disse ela: — Um martini seco.

Ele a olhou com estranheza:

— Por que você quer tomar um martini seco?

— Porque quero, essa é boa. Já tomei dois!

— É, mas comigo você não vai tomar coisa nenhuma.

— Quem é você para me proibir?

— Você se esquece que eu sou seu marido.

— E daí?

A arrogância dela o confundiu:

— Não quero que você beba. Pode fazer mal, no estado que você está.

— A responsabilidade será toda minha. Você acha que não tem culpa do meu estado...

Amadeu respirou fundo:

— Maria, faz muito tempo, quando eu era menino, meu pai...

— Já sei — cortou ela: — A história do passarinho que você matou.

— Não matei. Não reconheço o direito de me acusar de ter matado um passarinho, em quem teve coragem de envenenar um gato.

— É preferível envenenar um gato a envenenar uma mulher.

O garçom, ainda à espera, interveio:

— Trago ou não trago?

— Traz — ordenou Amadeu entre dentes: — Traz dois.

Permaneceram em silêncio, mesmo depois que o garçom os serviu.

— Eu não devia beber — disse ele, afinal, para si mesmo: — Hoje estou com uma terrível acidez no estômago.

— Tome bicarbonato — gracejou ela.

Ele fez que não ouviu:

— Você não vai beber o seu martini? Vamos, beba.

Ela evitava olhá-lo:

— Sabe de uma coisa? Mudei de ideia. Não quero mais.

— Não quer mais por quê? Depois de já ter tomado dois, pode muito bem tomar mais um.

— Tomei dois, mas não com você.

— Por que você pode beber com aquele tira e não pode beber comigo? Só porque ele é da polícia? Vamos, beba.

O tom de voz dele era outro, enérgico, quase ameaçador. Ela ergueu a cabeça, em desafio:

— Não, não quero. Você me dá licença de não querer?

Ele pegou o cálice, ofereceu a ela:

— Beba logo, vamos.

Amedrontada, ela tentou ainda recusar:

— Por que você está fazendo questão que eu beba?

— Quem fez questão foi você. Você é que pediu. Agora beba.

— Você não queria que eu bebesse, agora insiste.

— Estava com medo de que você pusesse veneno no cálice como fez com Carmem há cinco anos, neste mesmo dia, neste mesmo lugar, nesta mesma hora...

— Que coisa macabra! — reagiu ela: — Pare com isso! Pôr veneno como? Nem toquei nesse cálice, você sim. Se tiver alguma coisa nele, você é quem pôs. Se eu tomar e morrer, você estará perdido.

— Eu já estou perdido — retrucou ele com voz ríspida: — Acabe logo com essa farsa. Vamos, beba.

— Está bem, eu bebo — decidiu ela. — Mas espere um instante.

Levantou-se sem mais nada e se dirigiu ao telefone. Amadeu também se levantou e foi ao toalete. Regressaram alguns instantes depois, quase ao mesmo tempo. Ainda de pé, Maria pegou o cálice, virou-o de uma vez, e caiu fulminada.

TERCEIRO

1

O comissário Serpa desligou o telefone e voltou para a mesinha a um canto, onde jogava damas com o escrivão:

— Acabo de fazer uma jogada que é capaz de dar certo.

— Você acaba é de fazer uma bobagem que vai lhe custar caro — tornou o escrivão: — Devia ter comido a minha dama.

Num lance certeiro, comeu três pedras seguidas, liquidando com o adversário. Depois apontou o tabuleiro:

— Agora me responda a uma pergunta: isto aqui é um tabuleiro preto com quadrados brancos, ou branco com quadrados pretos?

— Branco com quadrados pretos — respondeu o outro prontamente.

— Errou.

— Preto com quadrados brancos, então.

— Tornou a errar. É de outra cor, com quadrados pretos e brancos.

Serpa riu, depois espreguiçou-se:

— Que delegacia mais esquisita esta nossa — falou para si mesmo: — Como é que pode funcionar assim, numa grande cidade? O delegado nunca aparece, ninguém aparece, quase não tem expediente... Como é que pode? Que diabo de delegacia é esta? Quede o movimento, o grande movimento que devia ter?

Foi até a janela, debruçou-se, olhou a rua:

— É uma grande cidade...

— Você precisava ver isto aqui antigamente — comentou o escrivão. — Como vai o caso Miraglia?

— Hoje fiz a reconstituição — Serpa sentou-se à mesa: — Reconstituição à minha moda. Estou convencido de que não se passou como está no processo.

— Está convencido de que ele é culpado.

— Não. Estou convencido de que ela não se suicidou.

— Não é a mesma coisa? Acha que foi alguém mais, então? O garçom?

— Não, foi ela mesma. Só que não foi suicídio. Para mim, houve troca de cálices: o cálice com o veneno era o dele, que ela tomou por engano, quando voltou do telefone.

— Então ele é que ia se matar — concluiu Motinha.

— Isso mesmo. Miraglia tinha acabado de descobrir que era estéril, não podia ter filhos. Ela estava grávida, dizia que o filho era dele. Ele sabia que não era. Por isso resolveu se matar. Um neurótico feito ele... Agora está lá, ameaçando matar a mulher da mesma maneira.

— Ameaçando se matar, você quer dizer — corrigiu Motinha.

— Isso. A história se repete — e de repente Serpa se endireitou na cadeira, aturdido. — Espere, que é que você disse? Ameaçando se matar?

Voltou-se vivamente para o telefone, tomou do fone, ficou aguardando linha, impaciente:

— E eu que mandei que ela tomasse o cálice dele, em vez do dela! Ele está no bar, insistindo que ela beba. Ela me telefonou. Se há alguma verdade nisso, então a esta hora ela está morta!

Pôs-se a discar, nervoso, mas Motinha lhe acenou para a porta com a cabeça:

— Olhe só quem está chegando.

Serpa se voltou, deu com Maria Miraglia já dentro da sala.

2

— Que foi que houve? — perguntou o comissário, aliviado, e abandonou o telefone.

— Nada...

Ela ficou andando em círculo, num passo displicente — dava para perceber que havia bebido:

— Fiz o que você mandou: tomei o cálice dele, e de uma vez só. Fiz ainda mais: caí morta.

— Caiu morta?

— Caí morta. Assim — e ela relaxou o corpo, deixando-se cair para trás.

— Eh, que é isso? — Motinha se precipitou, mal teve tempo de ampará-la: — Essa mulher não está boa da cabeça.

— E o Miraglia? — insistiu o comissário: — Que é que ele fez? Ficou lá? Conte tudo!

— Eu é que fiquei lá, caída no chão. O garçom levou o susto da vida dele. Amadeu ainda me cutucou, e achando que eu estava morta mesmo, fugiu correndo. Antes que ele voltasse para me matar de verdade, me levantei e vim para cá.

— Essa mulher não está boa da cabeça — repetiu o escrivão.

Ela se voltou para ele:

— Quem é que não está boa da cabeça? Serpa, ensine esse homem a me tratar com respeito.

O comissário não pôde deixar de rir:

— Não ligue para isso não, filha. Ele é que nunca foi muito bom da cabeça.

E voltando ao que lhe interessava:

— Quer dizer que o Miraglia está convencido de que matou você. Deu certo, então. O cálice dele, pelo menos, não estava envenenado.

— E era para estar? — reagiu ela: — Então você me mandou tomar o cálice dele achando que estava envenenado? Queria que eu morresse?

Serpa respirou fundo, impaciente:

— O que eu quero é acabar com isso. Ninguém mais vai matar, ninguém mais vai morrer. Vamos dar o caso por encerrado: vai ver como ele ficará felicíssimo quando souber que você ressuscitou.

Ela o olhou com desdém:

— E você acha que ainda tenho coragem de chegar perto daquele homem? Ele tenta me matar e você diz que o caso está encerrado?

— Ele não tentou matar você — disse Serpa, pacientemente. — Nem você tentou se matar. Tudo imaginação.

— Se não tentou, vai tentar. Tanto assim, que eu quero retirar a queixa. Cheguei à conclusão de que a queixa também faz parte do plano dele. O homem é tão diabólico, que previu tudo. Foi ele quem insinuou que eu viesse me queixar. Com a minha queixa, ele pode dizer que planejei tudo e que foi suicídio. Eu tenho direito de retirar a queixa, não tenho?

— Tem, filha, tem. — E o comissário pôs-lhe a mão no ombro: — Fique tranquila. Mando retirar a queixa.

Voltou-se para o escrivão.

— Motinha, retirar a queixa.

— Retirar a queixa — ecoou o escrivão.

— Tornar sem efeito.

— Tornar sem efeito.

Serpa se voltou para ela:

— Está satisfeita? Vá com ele.

Maria deixou a sala, seguida do escrivão.

— Essa mulher não está boa da cabeça — disse Motinha ainda, ao sair.

3

O investigador pôs o vidro em cima da mesa do comissário:

— Bicarbonato.

— E o médico?

— Disse que o homem esteve lá sim, mas não fez exame nenhum.

— Não fez exame?

— Foi há mais de cinco anos. O médico se lembra, por causa do crime. Não deixou que tocasse nele.

— Então não sabe se ele é estéril — insistiu Serpa.

— Não sabe não. Se soubesse não informava. Sigilo profissional. Disse que só com exame de laboratório. Miraglia não quis fazer.

— E o telefone?

— A Companhia não tem como informar na hora: só dando busca, e leva tempo. Nem assim garantem nada.

A confiar no garçom, o telefone estava enguiçado naquele dia — pensou Serpa: — Por que diabo ela fingiu que telefonava?

— Bira, você vai me trazer o Miraglia aqui.

O investigador não precisou ir longe: no que transpôs a porta, esbarrou em Amadeu Miraglia, que vinha entrando. Segurou-o pelo braço:

— Está aqui o homem, comissário.

4

Bira se retirou e Amadeu ficou ali pela porta, desconfiado, sem dar mais um passo:

— Que é que o senhor quer de mim? Já soube o que aconteceu?

— Você está preso, Miraglia — disse Serpa simplesmente.

— Vim aqui por minha livre e espontânea vontade. Não houve flagrante. Conheço o meu direito.

— Ah, conhece? Não houve flagrante? Quer dizer que você admite que matou a sua mulher.

— Ela se suicidou, como a outra, para pôr a culpa em mim. O senhor sabe disso. Eu já tinha pedido garantia. Bem que avisei. Agora está morta para sempre. Por que não me deixam em paz?

O comissário o olhou de cima a baixo, com desprezo:

— O que me admira é você, sabendo que sua mulher morreu, ficar aí calmamente, pedindo que o deixem em paz. Que espécie de homem você é? Não se comove, não chora a morte dela nem nada. Nem ao menos sabe representar bem o seu papel.

O telefone tocou, o comissário atendeu:

— Delegacia de Polícia. Ele mesmo. Calma, não precisa gritar!

Ficou ouvindo em silêncio. Apenas seus olhos se moviam, refletindo surpresa.

— Não toque em nada — ordenou finalmente. — Feche o bar. Não deixe ninguém sair. Como? Ah, não tem mais ninguém. Pois então não deixe ninguém entrar. Vamos já para aí.

Desligou, voltando-se para a porta:

— Fortunato! Bira!

Apanhou no cabide o coldre com o revólver, colocou-o à cintura e vestiu o paletó, enquanto os dois acorriam ao mesmo tempo, sentindo a urgência na voz do chefe:

— Fortunato, não deixe esse homem sair até que eu volte. Não abandone um minuto seu posto aí fora. Se for preciso, meta-o no xadrez. Bira, venha comigo.

Passou à outra sala, seguido do investigador. Deu com Motinha ainda às voltas com Maria. Chamou-o a um canto, contou-lhe rapidamente o que tinha acontecido.

— Eu disse que enquanto você não visse um cadáver, não sossegava — comentou o escrivão.

5

Quando se viu sozinho, Amadeu Miraglia deixou-se cair na cadeira, prostrado, escondeu o rosto nas mãos. Assim Maria o encontrou, ao deixar o escrivão e vir se despedir do comissário.

— Que é que você está fazendo aí? — interpelou-o.

Ele descobriu o rosto e, ao vê-la, ergueu-se, assombrado:

— Você!

— Pensou que eu tinha morrido, não é? Como a outra, não é? — e ela avançou, agressiva: — E agora? Que é que você tem a dizer, assassino?

— Então você estava representando, tudo isso é uma farsa — falou ele, fora de si: — Não passa de um plano desse policial cafajeste para me incriminar!

— Cafajeste é você — protestou ela.

— Eu pelo menos não me finjo de morto.

— Não finge porque não é preciso. Você já está morto há muito tempo.

Ele nem ouviu:

— Fazer um papel desses, e ainda vir aqui me acusar.

— Você é que veio aqui se inocentar. Dizer que eu tinha me suicidado, como a outra.

— Você está ficando louca, mulher.

— Louca, mas viva. A outra morreu e está morta, não está?

— Morreu porque quis. O filho não era meu, e ela sabia que eu sabia. Como você.

— Como eu o quê?

— Você sabe perfeitamente que esse filho que você está esperando não é meu.

— Sei coisa nenhuma. Na hora de fazer, você fez, e agora vem me dizer que não é seu. Além do mais, não estou esperando filho nenhum.

— Como não está esperando? Você mesma disse...

— Rebate falso.

Ele ficou a olhá-la fixamente, sem uma palavra.

— Pare de me olhar assim! Nunca me viu? — e ela caminhou em direção à porta: — Eu vou-me embora, não tenho mais nada a fazer aqui. Você fica?

— Tenho de esperar o comissário.

— Para quê? O que você ainda quer com ele?

— Ele me mandou esperar.

— Se quer ficar, então fique. Eu vou-me embora.

— Não posso ir. Estou preso — e ele tornou a se sentar.

Ela se sentou na outra cadeira:

— Pois então também fico. Quero só ver o que você vai dizer a ele.

E os dois ficaram calados, à espera, como num velório, cada um com os seus pensamentos.

6

Voltando à delegacia, Serpa foi direto ao escrivão:

— Sai dessa, Motinha. Um casal, em tudo igual ao caso do Miraglia. O Lopes, da Perícia, disse que nem precisava de autópsia, para saber que foi estricnina. O pessoal da Técnica está lá com toda aquela papagaiada, batendo foto, arrochando o garçom, tirando digital da mulher. Tudo como no outro caso. Falei: basta olhar na bolsa dela, gente. Olharam e encontraram a carteira de identidade...

— Quem era, afinal?

— Uma mulherzinha qualquer aí. Entrou com um sujeito, ambos pediram martini seco, ela bebeu e caiu morta. A Central vai tomar conta, como da outra vez. Só quero ver como vão sair dessa, quando souberem que o Miraglia esteve lá hoje. O Lopes trabalhou no caso dele, conhece a peça. O depoimento do garçom é uma confusão dos diabos. Uma figura, esse garçom. Um detalhe que escapou a todo mundo, mas não a mim: ele me contou que resolveu aproveitar o martini que o Miraglia acabou não tomando e servir ao novo casal. Que é que você acha?

Em vez de responder, o escrivão exibiu-lhe um jornal:

— Já viu isto aqui?

Era uma reportagem da série Crimes para Sempre Insolúveis, relembrando "O crime do martini seco", cinco anos antes, naquela data. Serpa correu os olhos, dobrou o jornal:

— Deixe comigo, que eu quero ler com calma.

O enigma, de certa maneira, passara adiante: ou o cálice que o Miraglia deixou de tomar tinha mesmo veneno, e isto o incriminava, ou se tratava de caso inteiramente novo, que repetia em todos os detalhes o anterior. Não havia nada de estranho no fato de um casal pedir martini seco num bar — era comum isto, acontecia todos os dias, em todos os bares — martini seco era a bebida da moda. Mas outra morte nas mesmas condições, exatamente no dia em que se completavam cinco anos da anterior, seria uma espantosa coincidência, absolutamente inconcebível — não fosse aquela reportagem no jornal, relembrando o fato: poderia ter inspirado algum maluco — ou maluca — a fazer o mesmo. Há doido para tudo.

Foi o que o comissário comentou com o escrivão.

— Eles estão aí na sua sala — este avisou.

— Eles quem?

— Miraglia e a mulher.

— Fazendo o quê?

— Ela, não sei: dei baixa na queixa, ficou o dito por não dito, e ela disse que ia esperar você. Ele disse que está preso, você mesmo é quem prendeu. Andei puxando conversa com eles. Estive pensando nesse caso...

— E a que conclusão você chegou?

— Conclusão, propriamente, nenhuma. Só que aquele detalhe do telefone me intrigou. Se a outra ficou falando num telefone mudo, aí tem coisa. Ela estava fingindo, não é isso mesmo? Com que intenção? A de simular um outro, para fazer ciúme no Miraglia? Não creio. Ele já tinha motivo suficiente para ter ciúme dela, com a história do filho, não precisava tanto. Para ganhar tempo? Talvez. Tempo para quê? Tempo para ele beber o martini que ela envenenou. E que ela própria acabou tomando por engano. Que é que você acha?

— Acho interessante — Serpa respondeu, pensativo.

— Então ela é que teria tentado matá-lo, e não o contrário.

— É uma ideia. Mas agora, com esse novo caso...

— De fato, o novo caso complica tudo.

E o comissário passou à sua sala.

7

Amadeu Miraglia e sua mulher continuavam sentados, praticamente na mesma posição, quando Serpa cruzou a sala, resoluto, sem tomar conhecimento da presença dos dois. Tirou o paletó e o coldre com o revólver, dependurando-os no cabide. Arregaçou as mangas, afrouxou a gravata e foi postar-se à sua mesa, em frente a eles. Só então lhes dirigiu palavra:

— Até agora isso não passava de uma briguinha conjugal sem consequência. Um jogo de empurra de marido e mulher, que vocês dois vieram nos trazer. Ele vai me matar e dizer que eu me suicidei! Ela vai se suicidar e vão dizer que eu matei! Como se a gente não tivesse mais o que fazer. A polícia trabalha com fatos e não com hipóteses. Isto aqui não é consultório sentimental. Nosso papel é defender a sociedade e não resolver briga de casal. Tragam um crime, que nós solucionamos. Descobrimos o criminoso e o entregamos à Justiça. É este o nosso papel.

Fez uma pausa para dar mais ênfase ao que ia dizer:

— Agora, estamos diante de um fato concreto, e dos mais graves. Toda essa farsa que vocês dois armaram resultou na morte de alguém. Alguém que acabou sendo a vítima fatal dessa loucura de vocês. O ciúme doentio de um pelo outro ocasionou a morte de um ser humano, uma mulher que vocês nem conhecem, que jamais viram. Pois fiquem sabendo que serão responsabilizados perante a Justiça, através de inquérito competente, pela morte ocorrida no dia de hoje, de uma mulher, por envenenamento.

Calou-se. Os dois o olhavam, pasmados. Maria foi a primeira a se recuperar.

— Que história é essa? Quem é responsável pela morte de quem?

— Não abra a boca, Maria — Amadeu advertiu em voz baixa: — É mais uma armadilha. Qualquer coisa que você disser pode nos incriminar.

— Incriminar por quê? — reagiu ela, exaltada: — Não sou criminosa, não cometi crime nenhum, não matei ninguém. Teria graça, eu que estou aqui para me defender contra alguém que quer me matar, acabar acusada de ter matado alguém. Essa não, comissário Serpa! E não me venha com essa do papel da polícia na defesa da sociedade. Eu sei muito bem o que vocês defendem. Se você sabe representar o seu papel, eu também sei representar o meu. Responsabilizar perante a Justiça? Se quiser, responsabilize esse aí. Eu é que não.

Serpa deixou que ela falasse à vontade, antes de retomar a palavra, dessa vez com voz pausada:

— Uma mulher acaba de morrer envenenada, tomando um martini seco no mesmo bar em que vocês estiveram esta tarde. Aquele cálice em que ninguém tocou foi servido pelo garçom a outro casal. A mulher bebeu e caiu morta. Estava envenenado.

Ambos ouviam, compenetrados e tensos.

— A Central avocou o inquérito — prosseguiu o comissário: — Chamou a si as investigações.

— E daí? — protestou Maria: — Onde é que você quer chegar com isso?

— Quero chegar ao fato de que, embora uma anomalia na administração pública faça com que a Central avoque um crime que deve caber à jurisdição do distrito onde foi cometido, é nosso dever colaborar com o que esteja ao nosso alcance para que tudo seja devidamente esclarecido. Assim, informo que os fatos do meu conhecimento, relacionados com o crime em questão, e que implicam a responsabilidade de vocês dois, serão por mim submetidos à consideração da autoridade superior, para as providências legais cabíveis.

— Sou obrigada a ouvir essa sua linguagem de relatório? — e Maria se ergueu: — Se continuar, eu vou-me embora.

— Ninguém sai desta sala sem ordem minha — retrucou Serpa friamente.

— Quer dizer que eu também estou presa.

— Estão ambos detidos para averiguações.

Durante todo o tempo, Amadeu ficou calado, a olhar a janela, abstraído. Era como se ele, deixando de escutar, se eximisse de qualquer envolvimento. Só teve um momento de perturbação quando Bira irrompeu na sala, dirigindo-se excitado ao comissário:

— Fiquei lá até agora. Chegaram afinal no Miraglia.

8

O investigador passou as suas informações:

— Ligaram os fatos pela reportagem de hoje no jornal. Eu não entreguei nada, que não vou trabalhar de graça pros outros. Mas o Lopes deu um aperto no garçom e ele contou tudo: a reconstituição hoje de tarde, o encontro do Miraglia com a mulher. Confessou que tinha servido de novo o martini que os dois deixaram de tomar.

— E o homem que estava com a vítima?

— Já foi detido. Não há nada contra ele. Encontrou com ela hoje pela primeira vez, no próprio bar. Estava lá o Laerte, o senhor se lembra? Assistente do comissário Lira. O Laerte hoje é troço na Central, cunhado do delegado adjunto. Conhece o Miraglia, participou conosco do interrogatório naquela ocasião. Pois o Laerte já acionou a Capturas para prender o Miraglia.

— Você não contou que ele estava aqui — falou o comissário.

O rosto do investigador se abriu num sorriso boçal:

— Claro que não! Acha que eu ia entregar o ouro aos bandidos? O homem é nosso, comissário. Podemos dar uma voltinha nele antes de entregar.

Bira se encaminhou em direção a Amadeu. Este se ergueu, afastando-se para o fundo da sala:

— Não adianta fugir, belezoca — o investigador avançou para ele: — Quero ver você agora sair por aí envenenando mulher à vontade.

— Comissário — balbuciou Amadeu, acuado contra a parede: — Contenha esse homem. Se ele me encostar a mão...

— Que é que acontece? — perguntou Bira, sem se deter.

— Deixe ele em paz, Bira — ordenou Serpa.

Antes que o investigador obedecesse, viu-se diante do revólver do comissário — descuido imperdoável num policial — que Amadeu acabava de arrancar do coldre, no cabide:

— Se der mais um passo, eu atiro — avisou ele.

Bira se refez do espanto, sacou sua arma. Serpa se precipitou, tentando segurá-lo, era tarde. A um estampido seguiu-se outro. O empurrão do comissário desviou o tiro disparado pelo investigador, que foi acertar Maria no peito, ela tombou morta. O da arma de Amadeu atingiu Bira na barriga, e ele caiu pesadamente de joelhos, desabou de cara no chão. Fortunato surgiu correndo na porta do corredor, arma em punho, ao mesmo tempo que Motinha surgia da sala dos fundos, sacando seu revólver. Ambos atiraram. O disparo do guarda atingiu o escrivão, que passava na sua trajetória e caiu sem vida, o de Motinha fez tombar morto o comissário, que rodava sobre si mesmo no meio do fogo cruzado, sem ter onde se refugiar. Outro tiro do guarda espatifou o tabuleiro de damas na mesinha a um canto. Amadeu tornou a disparar e acertou Fortunato em pleno rosto. Cambaleando porta afora, o guarda caiu morto no corredor. Único sobrevivente daquele morticínio, Amadeu Miraglia, sem se deter um segundo, jogou longe o revólver, subiu no parapeito da janela e atirou-se no espaço.

O telefone começou a tocar. Ficou tocando, insistente, por longo tempo. Era Janete, lá do teatro, querendo saber se Serpa poderia jantar com ela naquela noite, depois do espetáculo. Mas já não havia ninguém para atender.

OBRAS DO AUTOR

Editora Ática
A vitória da infância, crônicas e histórias — *Martini seco*, novela — *O bom ladrão*, novela — *Os restos mortais*, novela — *A nudez da verdade*, novela — *O outro gume da faca*, novela — *Um corpo de mulher*, novela — *O homem feito*, novela — *Amor de Capitu*, recriação literária — *Cara ou Coroa?*, seleção infantojuvenil — *Duas novelas de amor*, novela.

Editora Record
Os grilos não cantam mais, contos — *A marca*, novela — *A cidade vazia*, crônicas de Nova York — *A vida real*, novelas — *Lugares-comuns*, dicionário — *O encontro marcado*, romance — *O homem nu*, contos e crônicas — *A mulher do vizinho*, crônicas — *A companheira de viagem*, contos e crônicas — *A inglesa deslumbrada*, crônicas — *Gente*, crônicas e reminiscências — *Deixa o Alfredo falar!*, crônicas e histórias — *O encontro das águas*, crônica sobre Manaus — *O grande mentecapto*, romance — *A falta que ela me faz*, contos e crônicas — *O menino no espelho*, romance — *O gato sou eu*, contos e crônicas — *O tabuleiro de damas*, esboço de autobiografia — *De cabeça para baixo*, relatos de viagem — *A volta por cima*, crônicas e histórias — *Zélia, uma paixão*, romance-biografia — *Aqui estamos todos nus*, novelas — *A faca de dois gumes*, novelas — *Os melhores contos*, seleção — *As melhores histórias*, seleção — *As melhores crônicas*, seleção — *Com a graça de Deus*, leitura fiel do Evangelho segundo o humor de Jesus — *Macacos me mordam*, conto em edição infantil, ilustrações de Apon

— *A chave do enigma*, crônicas, histórias e casos mineiros — *No fim dá certo*, crônicas e histórias — *O galo músico*, contos e novelas — *Cartas perto do coração*, correspondência com Clarice Lispector — *Livro aberto*, "páginas soltas ao longo do tempo" — *Cartas na mesa*, "aos três parceiros, amigos para sempre Hélio Pellegrino, Otto Lara Resende, Paulo Mendes Campos".

Editora Berlendis & Vertecchia
O pintor que pintou o sete, história infantil inspirada em quadros de Scliar.

Editora Nova Aguilar
Obra reunida.